Gabi Borrmann

Herzblut

Meine liebsten Kurzgeschichten

Gabi Borrmann

Herzblut

Meine liebsten Kurzgeschichten

© 2025 Gabi Borrmann
Verlag: BoD · Books on Demand GmbH,
In de Tarpen 42, 22848 Norderstedt, bod@bod.de
Druck: Libri Plureos GmbH, Friedensallee 273,
22763 Hamburg
ISBN: 978-3-7693-2617-8

Inhalt

Zwei Stockwerke unter der Erde

Endlich Feierabend, endlich Wochenende!

Nick verließ das Büro als letzter, schaltete alle PCs aus und löschte das Licht.

Auf dem Weg zum Aufzug ließ er seine Arbeitswoche Revue passieren:

Seit Tagen war die Heizung defekt, und sie hatten in Jacken und dicken Pullovern an ihren Schreibtischen sitzen müssen. Die Heizungsfirma sollte erst nach dem Wochenende kommen. Hoffentlich!

Andererseits hatte es ein Gutes: Nick war dadurch seiner Kollegin Annette nähergekommen, der er seinen Schal geliehen hatte. Sie hatte ihn daraufhin so reizend angelächelt und ein bisschen geflirtet, dass er sich direkt Hoffnungen machte. Er spielte mit dem Gedanken, sie einmal auf einen Kaffee einzuladen.

Am Mittwoch das Gespräch mit dem Chef hätte besser laufen können. Eine Gehaltserhöhung war erstmal nicht drin. Vielleicht beim nächsten Mal.

Ja, und dann war heute sein Geburtstag. Seine Kollegen hatten nicht daran gedacht. Es war üblich, den Schreibtisch des Geburtstagskindes zu dekorieren und eine Karte zu übergeben. Na, egal! Kann ja mal passieren. Nicht so wichtig.

Es war doch auch Vorweihnachtszeit; da hatte jedermann andere Dinge im Kopf.

Darüber hinaus war die Woche an sich auch etwas hektisch und stressig gewesen. Schon deshalb, weil sich einige der Anfälligeren wegen der kaputten Heizung krankgemeldet hatten. Da war doppelt so viel Arbeit zu erledigen gewesen. Aber sie hatten alles tapfer abgearbeitet und sich das Wochenende redlich verdient.

Nick lächelte und freute sich auf sein Geburtstags-Feierabend-Bier.

Dass ihn zu Hause eine leere Wohnung empfangen würde, machte ihm nichts aus.

Er zog seine Mitarbeiterkarte durch den Schlitz des Zeiterfassungsterminals, passierte die elektronisch zu öffnende Tür und drückte den Knopf am Aufzug.

Vier Stockwerke tiefer stand sein Wagen im unteren der beiden Parkhausgeschosse. Eigentlich beruhigend, dass hier alles so hermetisch abgeriegelt war. Das galt in erster Linie den empfindlichen Kundendaten, aber zu wissen, dass einem in der Tiefgarage so spät am Abend kein Straftäter auflauern würde, vermittelte ein gutes Gefühl.

An jeder Tür musste man seinen Dienstausweis mit dem Magnetstreifen irgendwo durchziehen oder vor ein Lesegerät halten, sogar bei der Ausfahrt.

Unten angekommen öffnete Nick die schwere Stahltür, die ihn in einen kleinen Vorraum führte.

Es war jedes Mal so ein starker Gegensatz, wenn man von den oberen Etagen hier herunterkam: oben die repräsentativen Bürobereiche mit Teppich, Glastüren, dezenter Beleuchtung und schönen Bildern an den Wänden, mehr Schein als Sein, und unten nichts als grelles Neonlicht, Beton und Stahl. Die nackte Realität. Er mochte das.

Die nächste Tür, die zu den Autostellplätzen führte, ließ sich nicht öffnen. Erfolglos ließ er sein Kärtchen vor dem Scanner hin und herfahren.

„Schöner Mist", murmelte er und zückte sein Handy, um den hauseigenen Notdienst anzurufen. Da öffnete sich hinter ihm die dritte Stahltür im Vorraum, und ein

Angestellter vom Facility-Service erschien, als hatte er Gedanken lesen können. Früher hätte man ‚Hausmeister' gesagt und er hätte so einen grauen Kittel getragen. Heute hatten sie diese schicken Arbeitsanzüge mit Aufdruck des Firmen-Namens und Logo. Das sollte ihnen wohl so eine Art respekteinflößende Präsenz verleihen. Seiner war rot-schwarz. Erinnerte an ein zu weitgeschnittenes Superhelden-Kostüm.

„N'Abend! Allet in Ordnung?", begrüßte er Nick fröhlich.

„Nein, nicht wirklich. Ich wollte Sie gerade anrufen." Er präsentierte, wie der Scanner nicht auf sein Kärtchen reagierte. „Die Tür lässt sich nicht öffnen."

Aus dem Augenwinkel musterte er den Hausmeister, als der es mit seinem eigenen versuchte. Der musste neu sein. Den hatte Nick hier noch nie gesehen.

Auch er blieb erfolglos. „Na, sowat!", sagte er verblüfft. „Warten Se kurz."

Damit öffnete er die Tür, durch die er eingetreten war, mit einem Zahlencode.

„Wieso warten? Ich könnte doch mit Ihnen kommen", schlug Nick vor, aber der Mann wimmelte ihn ab: „Nee, nee, dit darf ick nich! Zutritt nur für Befuchte!"

Damit verschwand er, bevor Nick auf die Tür zuspringen konnte. Direkt vor seiner Nase fiel sie geräuschvoll ins Schloss und ließ ihn in dem drei Mal drei Meter kleinen Vorraum zurück.

Was sollte das? Wie konnte man derart vorschriftsgemäß und korrekt sein?! Aber o.k., wenn er neu war, musste er zusehen, dass er seine Probezeit bestand und durfte sich keinen Fehler erlauben.

Trotzdem! Nick dachte verärgert nach. Anstatt hier dumm herumzustehen und zu warten, konnte er genauso gut hochgehen und die Tiefgarage von außen betreten. Das bedeutete zwar einen riesigen Umweg, aber war immerhin eine Option. Wer wusste schon, ob der Facility-Fatzke tatsächlich zurückkam!

Entschlossen hielt er sein Kärtchen vor das Lesegerät der Tür, die zum Aufzug und Treppenhaus zurückführte, doch dieses reagierte nun auch nicht! Anscheinend war die gesamte elektronische Schließanlage ausgefallen. Bis auf das Zahlencode-Schloss.

Wie dumm: Warum hatte er nicht aufgepasst, als der Hausmeister die Zahlen eintippte?

Ein bisschen Panik stieg in ihm auf und Nick überlegte, wie viel Zeit er dem Mann geben sollte, bevor er anrief. Er hasste geschlossene Räume, besonders, wenn sie so klein und fensterlos waren, wie dieser. Das Gefühl beschlich ihn, schlechter atmen zu können, so als ob sein Brustkorb sich zusammenzog.

Erneut hielt er sein Kärtchen vor die Lesegeräte, die stumm und untätig blieben.

Wie lange war der Typ schon weg? Wahrscheinlich nur Sekunden, dennoch beschloss Nick, ihn jetzt anzurufen. Unter was hatte er die Servicenummer in seinem Handy gespeichert? F wie Facility? N wie Notdienst? Hatte er sie überhaupt gespeichert? Ach hier: unter H wie Hausmeister natürlich.

Verdammt: kein Netz! Nick hielt das Handy in die Höhe. Kein Empfang! Klar, eigentlich.

Resigniert steckte er fluchend das Handy in die Tasche, dann schlug er mit der Faust gegen die Tür und rief. „Hey! Sie!"

Dann ein paar Mal mit der flachen Hand. „Kommen Sie zurück! Hey!"

Er hielt inne und lauschte, doch er hörte nur seinen eigenen keuchenden Atem. Nichts geschah.

Nicks Blick fiel auf die Tastatur zur Eingabe des Zahlencodes. Vielleicht sollte er einfach ausprobieren.

1234: ‚Falsche Eingabe!'

0000: ‚Falsche Eingabe!'

Immer nachdrücklicher und unkoordinierter tippte er verbissen auf der Tastatur herum, bis sein Finger schmerzte.

Er schwitzte und zog seine Jacke aus, war kurz davor, aufzugeben und sich seinem Schicksal hinzugeben, als der Hausmeister plötzlich wieder auftauchte und scheinbar unbeschwert verkündete: „So, feddich!"

Nick warf ihm einen feindseligen Blick zu. Warum hatte der so lange gebraucht?

Dieser ignorierte Nicks Stimmung und forderte ihn auf: „Jetz halten Se nochmal dit Kärtschen vor den Scanner!"

Die Anlage gab nun das vertraute Klicken von sich und erleichtert konnte er tatsächlich die Tür öffnen, doch fuhr vor Schreck zusammen und wich zurück. Fast hätte er sie wieder zugezogen! Seine Augen konnten so schnell gar nicht erfassen, was für ein Anblick sich ihm hinter der Tür bot: Statt des erwartungsgemäß und für diese Uhrzeit üblichen leeren Parkhauses präsentierte sich ihm eine Ansammlung von Menschen, deren Blicke alle auf ihn gerichtet waren!

Das kollektive „Überraschung!", das ihm entgegengeschleudert wurde, erreichte ihn kaum.

Nur langsam wurde das Bild klarer: Da stand die halbe Belegschaft, fast ein Dutzend Kollegen und Kolleginnen, mit Sektgläsern in den Händen und blickte ihn erwartungsvoll und freudestrahlend an. Die Doris vom Vertrieb hielt ein selbstgemaltes ,Happy Birthday'-Plakat, und Annette stand da mit einem Blumenstrauß, sogar der schüchterne Erich, der sich nie an etwas beteiligte, war dabei und balancierte eine Platte mit Häppchen, und Herr Kämmerer, der Chef persönlich, streckte Nick seine Hand entgegen.

Er brauchte eine Weile, bis er vom Panik-Modus in den Feier-Modus umschalten konnte, legte eine Hand auf seine Brust und brachte nur atemlos hervor: „Hey, wirklich, so 'was könnt Ihr doch mit 'nem alten Mann nicht machen!"

Über das kokette ‚alter Mann' wurde sich herzlich amüsiert, und Herr Kämmerer beglückwünschte Nick mit Handschütteln und reichte ihm ein Glas: „Na, Herr Schubert, **alt** sind Sie ja nun wirklich nicht! Alles Gute zu Ihrem Geburtstag! Jetzt erholen Sie sich mal und trinken einen Schluck mit uns. Alkoholfrei, versteht sich." Er hob sein Glas und sagte feierlich zu den anderen: „Auf Herrn Schubert!"

Alle stimmten mit ein und stießen an: „Auf Herrn Schubert! Auf Nick!"

Allmählich beruhigte Nick sich. Spätestens, als Annette mit ihrer warmen Stimme „Happy Birthday, Nick" sagte und ihm mit einem süßen Lächeln auf den Lippen die Blumen in die Hand drückte, fiel der ganze Schrecken von ihm ab. Was für schöne Augen sie hatte!

Die kleine Tiefgaragen-Gesellschaft verweilte noch ein bisschen, bis das letzte Häppchen verputzt und das letzte

Glas geleert war, dann löste sie sich allmählich auf und jeder verabschiedete sich ins wohlverdiente Wochenende.

Außer Annette, die fragte: „Nick? Ob du mich ein Stück mitnehmen kannst? Vielleicht bis zur U-Bahn?"

Hertha und Hubertus

„Na, du hast aber lange gebraucht! Ich hab mir schon Sorgen gemacht", empfängt Hertha ihren Mann, als er vom Brötchen-Holen zurückkommt.

Er entschuldigt sich und erklärt: „Ich hatte unterwegs noch etwas zu erledigen. Hier, alles Gute zum Geburtstag!"

Verlegen nimmt sie den bunten Blumenstrauß entgegen, den er ihr entgegenstreckt.

„Du bist so schön wie bei unserer ersten Begegnung", schmeichelt er charmant, während sie die Brötchentüte auf den fertig gedeckten Frühstückstisch legt, eine Vase mit Wasser befüllt und die Blumen hineinstellt.

„Nein, du bist sogar schöner, als bei unserer ersten Begegnung", korrigiert er sich. Lächelnd lässt sie von der Vase ab und wendet sich ihm zu, nimmt seine Hand und schmunzelt: „Lass doch die Komplimente, Liebling. Ich bin noch nie schön gewesen."

Er greift nach ihrer anderen Hand. „Schönheit liegt im Auge des Betrachters", gibt er die alte Weisheit von sich, „und in meinen Augen bist du immer schön gewesen."

Ihre Lippen treffen sich kurz zu einem zarten, vertrauten Kuss, und er fragt: „Und? Was wünschst du dir zu deinem Ehrentag?"

„Ach, Hubertus, ich habe doch alles. Ich bin wunschlos glücklich." Lächelnd fügt sie hinzu: "Und ich habe doch dich."

„Hm,", überlegt er, „ich erinnere mich an diesen Wunsch, den du als junge Frau hattest."

Ihr fragender Blick trifft ihn, und er ergänzt: „Und ich glaube, du hast ihn dir nie erfüllt."

Sie runzelt die Stirn.

„Wäre doch schade, wenn du eines Tages sagen müsstest: Hätte ich doch nur! Komm, zieh dir etwas über und geh mit mir nach unten. Ich will dir etwas zeigen."

„Aber das Frühstück …"

„Das kann warten."

Vor der Tür fällt ihr Auge sofort auf dieses schnittige dunkelgrüne Sportwagen-Cabrio, auf dessen cremefarbenen Sitzen sich die Blätter der Straßenbäume mit den zarten Sonnenstrahlen einen Wettstreit des Schattenspiels zu geben scheinen.

Hubertus öffnet die Beifahrertür. „Darf ich bitten, Gnädigste?"

Fassungslos schlägt sie die Hände vor den Mund. „Das kann doch nicht dein Ernst sein!", ruft sie und lacht.

„Meine liebe Hertha", lächelt er und geht einen Schritt auf sie zu. „Ich weiß es noch wie heute, wie du mit diesem bezaubernden Glitzern in den Pupillen davon geschwärmt und geträumt hast, einmal im Cabrio durch Berlin zu fahren. Und ich hab dich damals belächelt und gesagt, es sei zu teuer, und dass so etwas überhaupt unsinnig und Verschwendung sei. Weißt du noch?"

Sie nickt. „Dass du dich daran erinnerst! Das muss doch mindestens vierzig Jahre her sein, oder fünfzig!"

„Danach hast du es nie wieder erwähnt, und ich habe mich gefragt, ob das noch irgendwo in deinem Kopf herumspukt."

Ihre Augen strahlen, und er lädt sie ein: „Komm, steig ein, nimm Platz! Wir machen eine Spritztour über 'n Kudamm."

Sie zögert mit dem Einsteigen, als sie sieht, dass etwas auf dem Sitz liegt.

„Strohhüte?"

„Ja", lacht er, „hatten die damals auch, als du sehnsüchtig auf das Cabrio zeigtest, das an uns vorbeifuhr. Weißt du nicht mehr?"

In Gedanken setzt sie den Hut auf und lässt sich vorsichtig auf das niedrige Polster sinken. Hubertus schließt die Tür, geht schmunzelnd um den Wagen, fischt nach dem zweiten Hut und setzt sich neben seine Frau hinters Lenkrad.

Amüsiert betrachten sie ihre Kostümierung, und Hertha hebt kichernd ihre Schultern. „Kudamm?"

„Ja", bestätigt er fröhlich.

„Aber das ist doch total sinnlos!"

„Genau!"

Sie atmet tief ein und betrachtet die chromglänzenden Armaturen vor sich, als Hubertus den Motor startet und den Wagen auf die Straße dirigiert.

Die Blicke der Passanten, an denen sie vorbeiziehen, entgehen ihnen nicht, und sie erwidern das eine oder andere Lächeln.

„Noch ein bisschen ins Umland, meine Liebe?", fragt Hubertus einladend, nachdem sie den Kurfürstendamm hinter sich gelassen haben.

Sie gibt zu bedenken: „Du, allmählich kriege ich aber Hunger."

„Na, dann frühstücken wir im Landgasthof. Weißt du, der, in dem unsere Susi geheiratet hat."

„Oh, wie dekadent!", schmunzelt sie tadelnd. „Und unsere Schrippen zu Hause vertrocknen."

„Ach, die backen wir morgen früh nochmal auf", schiebt er ihre Einwände beiseite, lenkt den Oldtimer stadtauswärts Richtung Landstraße und genießt das Fahren. Hin und wieder wirft er seiner Frau einen kurzen Seitenblick zu, deren weißes Haar im Fahrtwind weht. Ihre glücklichen Augen können sich nicht satt sehen an den Brandenburgischen Allen, den Feldern und Wiesen und den kleinen Dörfern, an denen sie vorbeikommen.

Gedankenvoll sagt sie: „Wir hatten ein schönes Leben, nicht wahr?"

„Wieso hatten?", lacht er entrüstet. „Haben! Wir **haben** ein schönes Leben, meine Liebe!"

„Ja, da hast du recht", pflichtet sie ihm bei, „wir haben alles, was man sich nur wünschen kann: wohlgeratene Kinder und sogar guterzogene Enkelkinder, liebe Freunde, ein schönes Zuhause, immer genug zu essen und nicht zuletzt unsere Gesundheit."

Hubertus hält am Straßenrand und wendet sich Hertha zu: „Und wir haben uns, mein liebes Geburtstagskind."

„Warum halten wir an?", fragt sie, doch schon landet ein Kuss auf ihren Lippen.

„Nur so", erklärt er, „den wollte ich dir nicht vorenthalten."

Sie kichert verlegen: „Ach, bitte! Wie frisch Verliebte!"

Grinsend will er bereits wieder den Motor starten, als sie ruft: „Warte mal, warte mal!", und aus dem Auto springt. Er blickt ihr nach, wie sie sich mit spitzbübischer Miene umsieht, einen der Obstbäume ansteuert, wie sie in die Äste greift und einen Apfel abpflückt. Und eine zweiten. Triumphierend kehrt sie zum Auto zurück, streckt ihrem Mann eine der Früchte entgegen und strahlt: „Wie lange ist das her, dass ich Äpfel geklaut habe?!"

Die Äpfel essend fahren sie weiter, gelangen bald zu ihrem Landgasthof und frühstücken ausgiebig und voller Genuss, ohne auf die überteuerten Preise zu achten.

Irgendwann mahnt Hertha: „Wir sollten langsam zurückfahren. Die Kinder haben doch ihren Besuch angekündigt."

„Wir nehmen die Autobahn", schlägt Hubertus vor, „das geht am schnellsten."

Doch kaum sind sie auf der Autobahn, und Hubertus beschleunigt und freut sich, ausprobieren zu können, wie schnell das Auto fahren kann, nähern sie sich einem Stauende. „Oh, nein", stöhnt er, fährt langsamer und muss schließlich anhalten.

Er wirft ihr unter seinem Strohhut lächelnd einen Blick zu: „Schade. Es fuhr sich gerade so schön!"

Sie erwidert sein Lächeln und zuckt mit den Schultern.

Der LKW-Fahrer hinter ihnen tritt in die Eisen, doch zu spät: Sein Bremsweg ist zu lang. Der Sattelzug kommt nicht rechtzeitig zum Stehen. Er zermalmt den kleinen Oldtimer samt seinen chancenlosen Insassen wie nichts.

Vor der Wohnung der Jubilarin warten Kinder und Enkelkinder vergebens.

Johann Maiers Überraschung

Er saß ihr im Zug nach Mannheim gegenüber und schaute auf seine Taschenuhr. Wieder und wieder fuhr seine Hand in seine Weste und griff danach. Seit sie den Bahnhof in Berlin verlassen hatten, schaute er immerzu auf dieses silberne Ding.

Es trieb Nora in den Wahnsinn! Sie verdrehte die Augen und ihr Blick floh aus dem Fenster, betrachtete die strahlend weiße Winterlandschaft da draußen mit schneebedeckten Feldern und Hecken und einem klaren Himmel, der so blau war, wie der Himmel nur sein konnte, doch schon nahm sie seine Bewegung aus dem Augenwinkel wieder wahr: Er greift in die Tasche, zieht die Uhr hervor, lässt den Deckel aufschnappen, schließt den Deckel und schiebt die Uhr zurück in die Weste.

Als wäre die Zeit jetzt so wichtig! Ob nun fünf oder zehn Minuten verstrichen waren, spielte doch keine Rolle! Für Nora jedenfalls nicht.

Um 15:39 Uhr würde der erste Halt in Wolfsburg sein. Das stand fest, sofern der Zug sich nicht verspätete. Und das ließe sich dann auch nicht ändern.

Sie musste seiner Zwangshandlung ein Ende setzen, also sprach sie ihn an: „Entschuldigung, ich beobachte Sie schon eine Weile. Halten Sie mich nicht für unhöflich, aber Sie gucken ständig auf Ihre Uhr. Haben Sie Angst, etwas zu verpassen?"

Sein Blick hatte etwas Ertapptes, als er nun zu ihr hinübersah. „Oh, das ist Ihnen aufgefallen", fragte er überrascht zurück.

Sie zwang sich zu einem Lächeln und nickte.

„Wissen Sie", begann er zögerlich, grinste verschmitzt und beugte sich vor. „Sie weiß nicht, dass ich sie heute überraschen werde."

Unruhig fuhr seine Hand über seinen Hinterkopf und er gab zu: „Ich bin ein bisschen nervös."

Wie romantisch, dachte Nora. Er besuchte offenbar seine Angebetete.

Sie nahm ihn genauer in Augenschein: Er mochte vielleicht Mitte fünfzig sein, gepflegtes Äußeres, glattrasiert, graumeliertes kurzes Haar. Sein altmodischer, kamelfarbener Anzug mit passendem Mantel erinnerte an die Kleidung eleganter Herren in den zwanziger Jahren, Fischgrat-Tweed, durchzogen von feinen gelben und blauen Linien. Das passte irgendwie zu ihm. Die Bezeichnung ‚distinguiert' kam ihr in den Sinn, und sie überlegte, was es wirklich bedeutete.

Während sie so nachdachte, begann er nun ganz offenherzig zu berichten: „Wir kennen uns noch nicht so lange und ich weiß nicht, wie meine Überraschung bei ihr ankommt."

„Ach, bestimmt gut!", versuchte Nora ihn zu ermutigen und stellte zufrieden fest, dass ihr Gespräch ihn tatsächlich für eine Weile davon abhielt, auf seine Uhr zu sehen.

Er lächelte dankbar. „Wissen Sie, es war Liebe auf den ersten Blick! Sie ist so eine sanfte Erscheinung! So

lieblich und zart! Und dieses rotblonde Haar!",
schwärmte er. „Wie flüssiges Kupfer fällt es über ihre
blassen Schultern. Eine Haut wie Alabaster, und dazu
diese niedlichen Sommersprossen, die ihre Nase umspielen, wie kleine Sterne!"

Ein flaues Gefühl schlich sich in Noras Magengegend
und ihr Lächeln fror ein. War das ein Zufall? Seine Beschreibung hätte genauso gut auf sie selbst zutreffen
können.

Mit einem merkwürdig eindringlichen Blick fuhr er fort:
„Ich möchte sie immerzu ansehen und in meiner Nähe
haben."

Da war etwas Zweideutiges in seiner Stimme, bildete
Nora sich ein. Und wie er sie anguckte! Irgendwie unheimlich. Konnte es sein, dass er sie meinte?

Wie hatte er sich ausgedrückt? ‚Sie weiß nicht, dass ich
sie heute überraschen werde.' Vielleicht war es eine weniger schöne Überraschung, die er geplant hatte, und
Nora war sein auserkorenes Opfer.

Während sie versuchte, seinem Blick standzuhalten,
drängten sich ihr Bilder aus Krimis und Thrillern auf, die
sie gelesen hatte, grausame, psychopathische Szenen.
Sie verschlang solche Bücher und liebte den Nervenkitzel dieser Geschichten, jedes Mal bis zum Schluss zu
hoffen, das Opfer würde noch entkommen können. Und
nun ging ihre Phantasie mit ihr durch. Ihre Handflächen
begannen zu schwitzen und ihr Herz pochte schneller als
normal.

Stopp! Sie musste sich von diesen Gedanken frei machen!

Purer Zufall wahrscheinlich, das mit der Ähnlichkeit! Sicher war er nur so vertrauensvoll und redselig, weil Nora ihn an die Frau erinnerte, versuchte sie sich einzureden und sich von ihrem Unbehagen zu verabschieden. Scheinbar belanglos fragte sie: „Wie heißt sie denn?"

Die Tür des Abteils wurde unsanft aufgerissen. Nora fuhr zusammen.

„Die Fahrscheine bitte!"

Erleichtert atmete sie auf und griff nach ihrer Tasche, um ihren Fahrschein zu suchen.

Die Hand ihres Mitreisenden verschwand in seiner Weste. Anstelle des geforderten Fahrscheins fingerte er wieder seine Uhr hervor und ließ den Deckel aufspringen.

Der Schaffner beugte sich nach hinten und blickte gelangweilt den Gang hinunter, war es wohl gewöhnt, dass nicht jeder Fahrgast sofort alles parat in den Händen hielt.

Nora wurde schnell fündig und reichte ihm ihr Ticket, das er mit diesem antiquierten Gerät entwertete. Ebenso wie das ihres Mitreisenden, der seine Uhr schnell wieder hatte verschwinden lassen und mit Bestimmtheit seinen Fahrschein aus der anderen Westentasche gezogen hatte.

Begleitet von einem gemurmelten „Gute Reise" schloss der Fahrschein-Entwerter geräuschvoll das Abteil und ließ sie wieder allein.

„Wo waren wir, meine Verehrteste?", fragte ihr Gegenüber.

‚Meine Verehrteste'! Nora rollte innerlich mit den Augen.

„Wie sie heißt", erinnerte sie ihn an ihre Frage und hoffte, er würde mit einem beliebigen Namen wie Gisela oder Martina daherkommen, stattdessen lächelte er wieder spitzbübisch: „Nun, ich nenne sie ‚Lacrimosa'. Das passt besser zu ihr, als irgendein bürgerlicher, gewöhnlicher Name, verstehen Sie?"

Nein, Nora verstand nicht.

‚Lacrimosa'. Hatte sie schon mal gehört. Was war das noch gleich: eine Blume?

Er sprach weiter: „Sie ist noch so jung, aber ich spüre, wie sehr sie mich mag."

Plötzlich fiel es Nora ein. ‚Lacrimosa': Das hatte etwas mit düsterer Musik zu tun. Requiem. Totenmesse! Ihr stockte der Atem. Vielleicht sollte sie sich ein anderes Abteil suchen?

„Darf ich nach Ihrem werten Namen fragen?", riss er sie aus ihren Gedanken.

Ihren wahren Namen wollte sie ihm nicht preisgeben, also erfand sie spontan: „Felizitas."

„Oh, Felizitas!", jubelte er geradezu. „Die Glückselige! Das ist schön."

„Und Sie sind?", fragte sie zurück.

„Johann", stellte er sich vor. „Johann Maier."

Wieder fiel sein Blick auf seine Uhr.

„Noch 23 Minuten", behauptete er.

23 Minuten bis was? Bis zum nächsten Halt? Kam das hin? Nora hatte jedes Gefühl für die Zeit verloren.

Oder meinte er, 23 Minuten bis zu ihrem Tod, nachdem er die Vorhänge des Abteils zugezogen, die Tür verschlossen und sie, wie sie es aus ihren Büchern kannte, blitzschnell gefesselt und geknebelt hatte?

So bald würde kein Bahn-Mitarbeiter hier noch einmal aufkreuzen. Und andere Reisende würden sich an einem zugesperrten Abteil nicht stören.

Niemand würde es bemerken, wenn er dann sein Skalpell-Set vor ihr ausbreiten und sich an sein Werk machen würde.

Es lief ihr eiskalt den Rücken hinunter. Sie war ihm ausgeliefert, wenn sie nicht sofort die Flucht ergriff! Sofort!

Eine geöffnete Schachtel Pralinen, die er ihr entgegenstreckte, hinderte sie am Aufstehen. „Mögen Sie eine?"

‚Siehst du', sprach sie innerlich mit sich selbst, ‚du liest zu viele Krimis, Nora! Er will doch nur freundlich sein!'

Sie griff zu und bedankte sich höflich, steckte das Schokoladenstück in ihren Mund.

Schon meldete sich ihre innere Stimme erneut: ‚Aber vielleicht will er nur mein Vertrauen mit Nettigkeiten erschleichen.'

„Geht es Ihnen nicht gut, Felizitas?", fragte er, indem er sie aufmerksam musterte.

„Ich, ich", stammelte sie angespannt. „Ich muss mal!", log sie und erhob sich hektisch. Fast hätte sie beim Aufstehen seine Pralinen mitgerissen.

Irgendetwas rief er ihr nach, das sie nicht mehr verstand, so eilig schoss sie aus dem Abteil und den Gang entlang. Eine Toilette finden, in der sie sich verbarrikadieren konnte! Oder einen freien Platz woanders.

Aber sie konnte keinen freien Sitzplatz entdecken, und die Toilette war besetzt.

Der Wagen mit dem Bordrestaurant schloss sich an und offenbarte Nora ein komfortableres Refugium als eine Toilettenkabine.

An einem der Tische gab es noch einen Platz gegenüber einer älteren Dame, die an einem Glühwein nippte und gedankenverloren aus dem Fenster starrte. Der Sitz war zum Glück frei und Nora ließ sich dankbar nieder.

Sie bestellte ein Wasser und verwickelte die ältere Dame in ein Gespräch, was sich einigermaßen beruhigend auf ihre angespannten Nerven auswirkte. Die Dame erzählte, dass sie ihren Enkel in Mannheim besuchen wollte. Es war das erste Mal, dass sie über Weihnachten wegfuhr, und sie wäre sehr aufgeregt.

Nora wollte soeben ihre Gesellschaft anbieten, weil sie ja auch bis nach Mannheim unterwegs war, als eine ihr nur zu bekannte Stimme sie plötzlich hochschrecken ließ: „Felizitas! Gut, dass ich Sie gefunden habe! Ich dachte mir schon, dass Sie hier wären."

Taktvoll nickte er der älteren Dame zu: „Guten Tag. Entschuldigen Sie."

Wieder an Nora gewandt sagte er: „Felizitas, Sie haben Ihre Reisetasche und ihren Mantel liegengelassen. Ich habe bis eben darauf aufgepasst, aber nun muss ich gleich aussteigen."

Johann Maier reichte ihr ihre Sachen, sie bedankte sich verlegen.

Wieder holte er seine Uhr hervor, warf einen Blick darauf, dann einen aus dem Fenster, vor dem die ersten Häuser einer Stadt vorbeizogen. „Wolfsburg", erklärte er. „Hier muss ich raus. Ich wünsche Ihnen beiden eine angenehme Weiterfahrt."

Sie verabschiedeten sich, der Zug fuhr im Bahnhof ein, und Nora guckte auf den Bahnsteig, in der Hoffnung, den unheimlichen Herrn Maier zu sehen, wie er sich dort gleich unter die Menge mischte.

Da blieb ihr Blick auf einer Frau haften, der einzigen Person in all dem Treiben, die nicht von rechts nach links oder von links nach rechts hetzte. Sie stand nur da und blickte den Zug entlang, die aufmerksame junge Bahnangestellte in Uniform, die das Ein- und Aussteigen der Fahrgäste genau im Auge hatte, schließlich ihre Kelle hob und in Richtung Lokomotiv-Führer auf ihrer Pfeife pfiff. Ihr rotblondes Haar unter der Uniform-Mütze fiel wie flüssiges Kupfer auf ihre Schultern und glänzte im Licht der tiefstehenden Wintersonne.

Während die Bahn sich behäbig in Bewegung setzte, huschte Verblüffung über die eben noch konzentrierten Gesichtszüge der jungen Frau, als sie Johann Maier

bemerkte. Überschwänglich und lachend fiel sie ihm ge-
rührt um den Hals und ließ ihren Freudentränen freien
Lauf.

Herzblut

„Nein!", brüllte Ansgar in wütender Verzweiflung zum wiederholten Mal. „Stopp!" Sein ohnehin nicht ansehnliches, narbenüberzogenes Gesicht glich einer verzerrten Fratze, und schäumender Speichel rann aus seinen Mundwinkeln. „Das kannst du nicht machen! Du kannst mich nicht sterben lassen!"

Die Roman-Schriftstellerin mit ihrem Laptop auf den Knien schien unbeeindruckt: „Aber du musst. Das ist im Plot meiner Geschichte so vorgesehen. Du bist der Böse. Du stirbst am Schluss in der großen Schlacht gegen Hanns und seine Mannen."

„Aber ich will nicht sterben! Ich bin noch so jung. Ich habe doch mein ganzes Leben noch vor mir. Und ich habe so viele Pläne," jammerte er.

Sie wiederholte nachdrücklich: „Du bist der Böse, Ansgar. Du musst am Ende sterben."

„Warum zum Teufel müssen die Bösen am Schluss immer sterben, hä? Das ist total unrealistisch!"

„Es geht nicht darum, ob es realistisch ist", erklärte sie ihm. „Es muss dem Leser gefallen."

Er stöhnte theatralisch. „Dem Leser, dem Leser! Ist mir doch egal. Hier geht es um mein Leben!"

„Ich weiß", seufzte sie. Wie sollte sie den zum Tode Geweihten davon überzeugen, dass sie es so schreiben **wollte** und er kein Mitspracherecht hatte?

Nun mischte sich sein Bruder Ruben ein: „Aber seine Frau ist schwanger. Was soll sie ohne ihn tun?"

Die Schriftstellerin stutzte und fragte Ansgar: „Deine Frau ist schwanger? Davon weiß ich ja gar nichts."

„Ja," entgegnete er grimmig mit geradezu entwaffnender Selbstverständlichkeit, „weil du es noch nicht geschrieben hast."

„Ich hatte nicht vor …", wollte sie einwenden, als er plötzlich aus dem Monitor heraus auf ihre Tastatur krabbelte, winzig klein, gerade einmal wenig größer als die Buchstaben, denen er entfloh.

Er baute sich direkt hinter der Einfügen-Taste rechts oben auf und verschränkte seine muskulösen Arme. „Dann schreib das jetzt gefälligst!", befahl er in dem von ihm gewohnten Befehlston. Er war der Anführer einer zehntausendköpfigen Armee, die ihm untertänigst folgte, Männer, die bereit waren, ihr Leben für seinen Sieg zu opfern.

Die Schriftstellerin bemühte sich, gelassen zu wirken, obwohl sie maßlos irritiert war: Dass Protagonisten mit ihrem Schicksal haderten, kannte sie. Nicht selten hatten sie sie beschimpft oder ausgelacht, sie in Diskussionen um die Sinnhaftigkeit ihrer Geschichten verstrickt, angedroht, sich selbstständig zu machen und andere Wege als die von der Schriftstellerin vorgesehenen einzuschlagen. Manchmal hatte sie sogar nachgegeben, weil die eine oder andere Idee nicht einmal schlecht war.

Aber dass sie sich erdreisteten, aus der Geschichte herauszuhüpfen, um ihren Argumenten Nachdruck zu verleihen, war neu.

Nun folgte zur Verstärkung auch noch sein Bruder Ruben hinaus auf die Tastatur.

„Selbst, wenn ich es schriebe", rechtfertigte sie sich, „es würde nichts ändern. Du stirbst durch Hanns' Hand. Jetzt. Hier. Auf diesem Schlachtfeld. Aus. Ende."

Ruben schnaubte verächtlich und verschränkte demonstrativ auch seine Arme.

Eigentlich hatte sie keine Lust auf diese Debatte, meinte jedoch, erklären zu müssen: „Erinnere dich, Ansgar, wieviel Leid ihr den Menschen angetan habt, wie viele unschuldige Leben ihr auf dem Gewissen habt. So ist nun mal diese Geschichte: Ihr seid die Bösen. Hanns ist der Gute, der Held, der am Ende siegen muss. Was glaubt ihr, muss ich mir sonst von meinen Lesern anhören?!"

Sie zweifelte daran, von diesen Barbaren verstanden zu werden.

„Ich könnte doch einfach nur schwer verletzt werden und mich ergeben", bot Ansgar an.

„Nein."

„Oder …, oder ich könnte mich ändern," schlug er mit dem Anflug eines hoffnungsvollen Lächelns vor.

„Du wirst dich nicht ändern. Du bist so angelegt, Ansgar. Akzeptiere das."

Er gab nicht auf und sagte: „Aber du könntest schreiben, wie sich der Himmel plötzlich auftut und gleißendes Licht auf mich strahlt, und wie eine Stimme aus dem Jenseits sagt, ich sei für Höheres geschaffen und müsse nur geläutert werden. Ich könnte Hanns ein Friedensangebot machen und …"

„Nein."

„Ein brennender Dornbusch?"

„Nein!"

„Ich könnte weglaufen", war sein nächster Vorschlag, der sie fast zum Lachen brachte. Ja, das wäre wirklich lustig: Hanns siegt in der letzten Schlacht kampflos, weil sein schurkiger Gegner den Schwanz einzieht und wegrennt:

… und Ansgar ward nie mehr gesehen und Hanns' Volk lebte auf ewig in Frieden. Ende.'

So ein Schmarrn! Sie schrieb doch keine Komödie! Dies war ein ernsthafter Historien-Roman um Feindschaft, Freundschaft und Gerechtigkeit. Kein Platz für dämliche Possen! Außerdem sollte es kein offenes Ende geben. Was fiel ihm ein? Und überhaupt: Wie sollte sie ihn nur dazu bringen, tunlichst zurück in seine Geschichte zu gehen?

Da kam auf einmal auch der hünenhafte Hanns mit gezücktem Schwert hinaus auf die Tastatur und sah unschlüssig zu Ansgar und dessen Bruder, dann hinauf zur Schriftstellerin. Ungeduldig und ein bisschen missmutig, aber höflich wie immer fragte er: „Sagt mal, braucht ihr noch lange? Ich müsste mal …"

„Jetzt ist es aber genug!", rief die Schriftstellerin aufgebracht, raufte sich die Haare und herrschte Hanns an: „In meinen Geschichten, bei meinen Figuren muss keiner

‚mal müssen'! Gerade von dir, Hanns, hätte ich mehr Stärke und Loyalität erwartet."

Überrascht zog er den Kopf ein. So hatte sie noch nie mit ihm geredet. Er war doch immer ihr Liebling gewesen. Warum nur war sie plötzlich so ungerecht?

„Und jetzt zurück in die Geschichte!", schimpfte sie weiter: „Alle! Zurück mit euch auf euer Schlachtfeld, verdammt nochmal! Ich muss die Schluss-Szene schreiben. Ich wünsche, nicht mehr gestört zu werden."

Hanns zuckte mit den Schultern und trollte sich, Ruben folgte ihm kopfschüttelnd zurück in den Monitor, zurück in den Roman, doch Ansgar bewegte sich kein Stück von seinem Platz. Er stand bedenklich nah am Rand der Tastatur, direkt oberhalb der Entfernen-Taste.

Indessen, in der Geschichte, begab sich Hanns zurück auf seine Position vor Ansgar und

... versetzte ihm den tödlichen Schwertstoß. Die glänzende Klinge fuhr ohne Widerstand durch Ansgars Fleisch direkt in sein Herz. Es bedurfte wenig Kraftanstrengung.'

Die Schriftstellerin sah den kleinen aufmüpfigen Protagonisten mit dem vernarbten Gesicht auf ihrem Laptop, wie er ins Straucheln kam, ausrutschte und über die Kante schlitterte, wie er sich am Rand der Tastatur festkrallte, seine Lippen ein „Bitte!" formten, sein flehentlicher Blick sie ein letztes Mal traf, bevor er schließlich in ein endloses Nichts abstürzte.

Schwermütig und erleichtert zugleich seufzte sie und wandte sich wieder dem Geschehen ihres Romans zu:

,*Vor Schmerzen krümmte Ansgar sich auf seinem letzten Schlachtfeld, röchelte im Todeskampf, warf Hanns einen bitteren Blick zu, brach auf dem matschigen Boden zusammen und blieb in seiner eigenen Blutlache tot liegen.*

Hanns wischte das Schwert sauber und sah zufrieden auf sein Werk hinunter. Sein Volk war gerettet. Ansgars Armee fiel unterwürfig auf die Knie und huldigte dem neuen Anführer. Im violett leuchtenden Abendrot brach eine neue hoffnungsvolle Ära an.

Ende.'

Zurück blieb Ansgars Witwe, die in der darauffolgenden Nacht seinen Sohn zur Welt brachte. Viele Jahre später würde er sich auf den Weg machen, den Mord an seinem Vater zu rächen. Aber das ist eine andere Geschichte.

Baumann und Kim

Meine Augen suchen das Gepäckband nach meinem kleinen Koffer ab. Ich bemerke zum wiederholten Mal, dass meiner aussieht wie die meisten anderen und muss innerlich stöhnen. Ich sollte ihn endlich einmal markieren. So häufig fliege ich nicht, aber wenn, dann habe ich immer dasselbe Problem!

Der Schlund der Gepäckausgabe spuckt immer neue Koffer auf das Band, das sie lustig wie auf einem Karussell im Kreis fahren lässt. Nach den bunten wird als erstes gegriffen. Die Passagiere, die gerade mit mir eingetroffen sind, grabschen nach ihren Taschen, Rucksäcken und Koffern, um damit eilig den Ausgang anzusteuern.

Während ich warte, dass die Auswahl an gleichaussehenden Gepäckstücken geringer wird, linse ich immer wieder neugierig und aufgeregt nach draußen durch den Durchgang, ob ich Kim vielleicht schon von Weitem ausmachen kann. Leider erfolglos.

Wir sind beide Online-Autorinnen, veröffentlichen unsere Werke in einem Internet-Portal. Ich stieß irgendwann mehr durch Zufall auf die spannenden Krimis von ‚Kim79‘, die ich quasi aufsaugte und regelmäßig voll des Lobes kommentierte.

Bald fand sich auch unter einer meiner Kurzgeschichten ein Review, wie es dort genannt wird, ein Kommentar, eine Rezension, eine Stellungnahme zu meinem Text von ‚Kim79‘. Dieses Review war mir aufgefallen, weil es sich von dem üblichen Blabla abhob und eine intelligente, aufmerksame Auseinandersetzung mit meinem Geschriebenen zeigte.

Wir waren uns über eine Verschwörungstheorie, die ich in einer meiner historisch-politischen Geschichten aufgestellt hatte, und die noch nie jemand mit mir geteilt hatte, derart einig, dass wir an Seelenverwandtschaft glaubten und anfingen, uns persönliche E-Mails zu schreiben.

Das stelle man sich jetzt nicht so vor, wie sich normale Menschen per E-Mail austauschen. Nein, wir schrieben uns täglich, manchmal mehrmals, und das in einer epischen, ausformulierten Breite und Ausführlichkeit, mit einer unerschöpflichen Neugier auf die Gedankengänge und Meinungen des anderen und einem bisweilen schon intimen Mitteilungsbedürfnis, das Seinesgleichen sucht.

Es erschien unheimlich und vertraut zugleich.

Dabei sind wir so verschieden. Kim lebt am Stadtrand Stuttgarts, ich mitten in unserer wunderbaren Hauptstadt.

Sie findet ihr Leben langweilig und eintönig und sehnt sich nach den Aufregungen Berlins, von denen ich regelmäßig berichte.

Sie hat Kinder und Beruf, wenig Zeit, wenig Geld. Ich bin kinderlos, habe viel Zeit und genügend Geld, mir mal eben einen spontanen Flug nach Stuttgart leisten zu können.

Bald wurde die Neugier aufeinander so groß, dass wir beschlossen, uns einmal zu treffen.

Eine Online-Freundschaft hatten wir beide bis dato nie, und auch, wenn sich das allein schon gut anfühlt, wollten wir uns doch einmal gegenüberstehen.

Jetzt fahren nur noch zwei Koffer im Kreis und jemand greift zielsicher nach einem der beiden, so dass der letzte nur meiner sein kann. Ich zerre ihn vom Band, öffne zur Sicherheit den Reißverschluss und sehe hinein, um mich davon zu überzeugen, dass es sich um meine Sachen handelt, bevor ich mich nach draußen begebe.

Nervös trete ich mit anderen Ankommenden in die Ankunftshalle, und meine Augen scannen die dort Wartenden ab.

Ich weiß nicht, warum wir nie Fotos ausgetauscht haben. Sie redete sich immer heraus, nicht fotogen zu sein, und ich fand kein Bild von mir, dass ich einer fremden Person einfach so zumailen wollte. Klingt merkwürdig, ist aber so.

Wir haben demnach nur eine vage Vorstellung davon, nach wem wir denn bei meiner Ankunft auf dem Flughafen Ausschau halten sollen.

Also trafen wir die Vereinbarung, dass sie mich wie einer dieser Chauffeure mit so einem Schild empfängt, auf dem mein Pseudonym ‚Baumann' steht.

Wir amüsierten uns schon im Vorfeld über die Vorstellung und malten uns aus, wie man auf dem Flughafen glauben würde, ich wäre eine Prominente.

‚Baumann'. Bei der Online-Registrierung für das Leseportal war mir einfach nichts Besseres eingefallen. Es ist ein Pseudonym, unter dem mich niemand erkennen kann, aber ich identifiziere mich mit diesem Namen, weil es mein Mädchenname ist.

Mit Schildern stehen da nun nur drei mehr oder weniger gelangweilte Chauffeure oder Taxifahrer, denen ich keine Beachtung schenke.

Sonst sind keine Schilder zu sehen und schon erstrecht keine Kim mit einem ‚Baumann'-Schild.

Sie muss in meinem Alter sein; Ende Dreißig. Per Ausschlussverfahren kommen nur zwei Frauen in Frage, von denen eine bereits johlend auf einen jüngeren Herrn zufliegt und mit freudigen Wiedersehensküssen begrüßt.

Die andere wirft mir einen ebenso skeptischen Blick zu, wie ich ihr. Das muss Kim sein.

Ich zögere. Warum hat sie das Schild nicht dabei? Ich komme mir in diesem Ratespiel jetzt wirklich blöd vor und will schon trotzig beschließen, mich nicht daran zu beteiligen, weil ich auf unsere verbindliche Absprache und ‚mein' Schild bestehe, als mein Blick zufällig über das Schild des nun einzig verbliebenen der drei Chauffeure huscht und ungläubig kleben bleibt. Da steht ‚Baumann', klar und deutlich. Mein Name, mein Pseudonym.

Aber dieser Chauffeur hier ist nicht Kim. Hat sie ihren Mann geschickt? Vom Alter her kann das stimmen. Aber warum hat sie mir keine Nachricht auf mein Handy gesendet?

Zurückhaltend steuere ich auf den Herrn mit meinem Namen zwischen den Händen zu, der etwas abseitssteht und dessen Blick seinerseits die Ankommenden abschätzend entlangfährt.

Ich stelle mich vor: „Hallo. Ich bin Baumann. Wo ist Kim? Ist etwas passiert?"

Ihm klappt die Kinnlade herunter und er starrt mich an, als hätte er eine Erscheinung. „**Du** bist Baumann?!", fragt er in einem Ton, der vor ungläubiger Fassungslosigkeit überläuft.

Verständnislos und etwas pikiert über diese Art der Begrüßung und darüber, keine Antwort erhalten zu haben, bestätige ich: „Ja, allerdings. Aber wo ist Kim?"

Er lässt das Schild sinken, schüttelt langsam den Kopf und legt eine Hand auf seinen Mund, als könne er auf diese Weise seinen Kiefer daran hindern, weiter herunterzuklappen.

Er nimmt seine Hand erst nach ein paar Sekunden herunter, um heiser zu sagen: „Ich bin Kim."

Dies ist der Moment, in dem mir klar wird, wie sehr ich mich darauf versteift habe, was das Pseudonym mir suggeriert hat, was oder wen ich darin hatte sehen wollen.

‚Kim79'. Das war eindeutig die beste Freundin im gleichen Alter, die ich immer haben wollte. Und sie schreibt so herrlich humorvoll und ihre lästerlichen Mails im amüsanten Plauderton und meine Antworten darauf kommen mir immer vor wie Quatschen bei Kaffee und Kuchen, wie Freundinnen es eben so tun.

Für mich war Kim immer ein weiblicher Name. Entsprechend habe ich mir im Laufe unserer intensiven schriftlichen Konversationen dieses Bild aufgebaut, an dem nicht zu rütteln war. Mir fällt jetzt erst ein, dass es ebenso ein Männername ist.

„Baumann", sagt Kim und gesteht: „Ich bin immer davon ausgegangen, du wärst ein Kerl."

Überrascht schnellen meine Augenbrauen in die Höhe.

Er hat auch jemand anderen erwartet. Nachvollziehbar. Er hat mich immer nur mit ‚Baumann' angeredet, ich habe immer mit ‚Baumann' unterschrieben.

Wir waren so gewöhnt an unsere Pseudonyme, sprechen uns im Online-Portal alle untereinander auch nur damit an. ‚Ellie0815' zum Beispiel, die verrückte Plaudertasche, deren liebevollen und von eigenen lustigen Wortschöpfungen überschäumende Reviews mich regelmäßig zum Lachen bringen, oder ‚Unicorn', das wortkarge Gegenstück dazu, ‚Schwanensee', ‚MissSunshine', ‚Romeo' oder ‚Cachemaster'. Wer kann schon wissen, wer oder was sich hinter so einem Alias verbirgt?

Wir sind nie auf die Idee gekommen, nach unseren richtigen Namen zu fragen.

In diesem Augenblick, glaube ich, rattern wir beide in Gedanken unseren Mailverkehr durch, um zu rekapitulieren, welche Hinweise wir überlesen hatten, oder an welcher Stelle wir hätten abbiegen und uns zu erkennen geben müssen. Und warum wir es nicht getan haben. Und ob einige unserer intimen Geständnisse nur für gleichgeschlechtliche Freunde angemessen waren, oder ob es nun auch egal ist.

Ich habe alle Mails aufgehoben und nehme mir vor, sie zu Hause noch einmal zu lesen.

Kim lächelt, ich muss grinsen, und schließlich fallen wir uns um den Hals.

Seine Frau Eva ist tiefenentspannt und locker, als Kim anstelle des angekündigten Online-Kumpels eine Frau mit nach Hause bringt. Sie hat bereits Bier für Baumann kaltgestellt und bietet mir an, ich könne alternativ auch gerne ein Glas Wein aus der Region haben. Die meisten Frauen würden doch kein Bier mögen.

Ich nehme das Bier, und wir setzen uns auf den gemütlichen Balkon, genießen den lauen Sommerabend und philosophieren bis tief in die Nacht über Unterschiede der weiblichen und der männlichen Sprache in Schrift und Wort, und darüber, ob es überhaupt Unterschiede gibt.

Nun sitze ich ein paar Tage später im Flugzeug zurück nach Hause und muss beim Start ein paar verstohlene Abschiedstränen wegblinzeln, nachdem ich mich eben beim Verabschieden vor meinen Gastgebern zurückgehalten habe.

Lächelnd blicke ich zurück auf ein paar spannende und zugleich erholsame, entschleunigte Tage.

Ich habe Kims Familie kennengelernt und wir haben viel geredet und gelacht und lange Spaziergänge im Umland durch Weinberge unternommen.

Ich halte ein paar Notizen auf einem Blatt Papier fest, schreibe auf der Rückseite der ausgedruckten Bordkarte. Mit einem Kugelschreiber. Das muss man sich mal vorstellen! Ausgerechnet ich, die immer alles in ihr Handy tippt: Einkaufslisten, Termine, E-Mails, Gedichte und sogar Kurzgeschichten. Normalerweise habe ich sogar eine digitale Bordkarte auf dem Smartphone.

Aber während dieser Reise hat mein Handy den Geist aufgegeben. Was für eine Herausforderung für mich: Ich muss mich analog vorwärtsbewegen. So wie bei Kims und meinem Treffen.

Ich bringe die Erinnerungen zu Papier, die sich um diese ungewöhnliche und tiefe Freundschaft drehen. Auch hier war der Weg von digital nach analog, von virtuell nach real. Eins ist sicher: Kim wird mich in Berlin besuchen. Schon bald.

Bis dahin schreiben wir uns, denn nun haben wir uns noch mehr zu berichten.

Er beginnt seine Mails immer noch mit ‚Hallo Baumann'.

Neue Saiten

Dieses Jahr werde ich mich nicht nochmal davor drücken können, Weihnachten zu Hause zu verbringen. Seit gut einem Jahr studiere ich in Göttingen. Die Semesterferien verbringe ich zu Hause. Bis auf letztes Weihnachten. Ich mag Weihnachten genauso wenig wie meine Eltern, deshalb habe ich es das eine Mal ‚ausfallen' lassen.

Aber eigentlich freue ich mich darauf, alle wiederzusehen. Ich werde meine Eltern überraschen und bin schon ein paar Tage früher gefahren.

Anstandshalber klingele ich, obwohl ich einen Schlüssel habe. Mama öffnet die Tür und ist ganz baff: „Cynthia! Wir haben doch erst nächste Woche mit dir gerechnet."

Überraschung gelungen! Und endlich wieder zu Hause. Das tut total gut!

Nach der ersten Schrecksekunde umarmt sie mich stürmisch. „Komm rein. Ist das schön!"

„Ich muss ganz nötig Pipi", entschuldige ich mich, winde mich aus ihren Armen, eile den Flur entlang, während sie lachend versucht, mich aufzuhalten: „Warte mal Cynthia, ich muss dir noch etwas …"

„Ja, gleich", vertröste ich sie. „Es ist wirklich eilig!"

Im Vorbeigehen werfe ich meine Sachen in mein Zimmer und will schon weiter ins Bad, als ich innehalte, den einen Schritt zurückgehe und wie erstarrt an meiner Zimmertür stehenbleibe, weil ich meinen Augen nicht traue: Da sitzt einer auf meinem Bett und spielt Gitarre. Auf meiner Gitarre! Der Typ unterbricht sein Geklimper und schaut mich an.

Er sieht völlig verwahrlost aus, wie ein Penner von der Straße. Sein Gesicht ist mit einem ungepflegten Bart zugewachsen, zotteliges Haar lugt unter einer wirklich hässlichen, grobgestrickten, ehemals gelben Wollmütze hervor und seine Klamotten machen keinen sauberen Eindruck.

In dem Moment bin ich froh, dass Mama immer diese altmodischen Tagesdecken benutzt.

Schon steht sie neben mir: „Cynthia, ich wollte dich doch vorwarnen."

Er wirkt verunsichert und ertappt, legt schnell die Gitarre beiseite, springt auf und stammelt: „Hey, es tut mir leid, ich dachte … Weil sie da rumlag."

„Ist schon gut", beschwichtigt Mama.

Aber ich finde, gar nichts ist gut und fahre sie vorwurfsvoll an: „Mama! Was macht der hier?!"

Sie lächelt und erklärt: „Das wollte ich dir doch gerade sagen. Das ist Rokko. Er wohnt ein paar Tage bei uns."

„Aber …", beginne ich. Nicht in meinem Zimmer, will ich einwenden, doch sie unterbricht mich, um mich ihm vorzustellen: „Rokko, das ist meine Tochter Cynthia. Ich habe dir ja schon von ihr erzählt."

Äh, hallo?! **Ihm** hat sie von mir erzählt, aber mir nichts von ihm?

„Hi", lächelt er schüchtern, kommt auf mich zu und streckt mir seine Hand entgegen, nachdem er sie an seiner verschlissenen Jeans abgewischt hat. Etwas unwillig reiche ich ihm meine. Zwei junge, neugierige Augen sind unter seinen Zotteln zu erkennen. „Sorry. Wenn du nicht magst, dass ich deine Gitarre anfasse, lasse ich das natürlich. Tut mir leid. Ich **musste** sie einfach ausprobieren."

Es verschlägt mir glatt die Sprache und plötzlich erinnere ich mich, dass ich ja auch etwas ‚musste', nämlich ganz dringend ins Bad. Kopfschüttelnd lasse ich die beiden stehen und verschwinde dort (den Schlüssel zweimal umgedreht).

Da sitze ich und bin fassungslos. Das kann sie doch nicht machen! Der kann doch nicht einfach mein Zimmer entern! Und schon gar nicht mit diesem ganzen Dreck! Beim Händewaschen lasse ich mir Zeit und schrubbe besonders gründlich. Wer weiß, was der für Keime mitgebracht hat!

Es dauert, bis ich mich wieder herauswage. In meinem Zimmer ist er nicht mehr. Ich finde ihn mit Mama im Wohnzimmer die Schlaf-Couch ausziehen.

Gerade höre ich ihn zu ihr sagen: „Hey, du musst das nicht machen. Wirklich. Ich kann auch wieder gehen. Ich will echt nicht stören", während er ihr mit dem störrischen Ding behilflich ist. Sie schüttelt den Kopf, bemerkt mich wie nebenbei und lächelt wieder dieses milde Lächeln, das mir so fremd an ihr vorkommt.

„Keine Diskussion! Wir haben genug Platz und draußen ist Frost. Du gehst nirgendwohin!", bestimmt sie, als sei er ein Kind.

Sie richtet sich auf und betrachtet ihr Werk zufrieden. „So. Das müsste reichen! Ich hol noch das Bettzeug. Aber erstmal zu dir, mein Fräulein", wendet sie sich mir zu. „Wir konnten doch nicht ahnen, dass du früher kommst. Natürlich schläft er im Wohnzimmer. Ich freue mich wahnsinnig über deine gelungene Überraschung!" Damit schließt sie mich noch einmal fest in ihre Arme, bevor sie die Küche ansteuert.

Mh, wer hat hier wen überrascht?

„Ich schiebe nur schnell das Essen in den Ofen", ruft sie aus der Küche. „Dein Vater kommt ja auch gleich. Und Rokko: Willst du vielleicht duschen? Ich habe dir alles rausgelegt."

Er betrachtet die Badezimmer-Utensilien, die sie ihm bereitgelegt hat, wie unbekannte Gegenstände, wickelt schließlich alles ins Handtuch und macht Anstalten, ins Bad zu gehen.

„Weißt du, deine Mutter ist echt ein Engel", sagt er zu mir. „Seit es plötzlich so eisig da draußen geworden ist, und nicht erst jetzt, kümmert sie sich um Leute wie mich, versucht, sie unterzubringen, ruft den Kälte-Bus, fragt, ob etwas gebraucht wird, organisiert alles Mögliche, steckt den Leuten Adressen zu."

Er grinst. „Und Fahrscheine. Sie hat dabei so eine Art … Ich meine, sie macht das nicht auf diese plumpe Art: ‚Hier haste drei Euro.' Da merkst du ganz genau, dass jemand nur sein schlechtes Gewissen beruhigen will. Deine Mutter ist anders. Sie redet, sie fragt, ist interessiert und behutsam. Wenn jemand keine Hilfe möchte, lässt sie ihn in Ruhe. Wenn jemand nur reden will, hört sie zu. Und wenn jemand wirklich Hilfe braucht, hilft sie. So wie mir heute. Echt mal: Du kannst stolz sein, so eine Mutter zu haben."

Er schiebt sich an mir vorbei und geht duschen.

Nachdenklich versuche ich zu sortieren, was er da gerade gesagt hat. Hat er wirklich von meiner Mutter gesprochen? Aber doch, ich habe ja schon länger das Gefühl, dass sie sich im vergangenen Jahr verändert hat. Seit sie sich letztes Weihnachten mit unserer alten Nachbarin Frau Nettelbeck angefreundet hat, die manchmal fremde Menschen einfach so zu sich einlädt.

Während im Bad die Dusche rauscht und ich Mama in der Küche beim Tisch decken helfe, sagt sie: „Man hat ihn bestohlen, während er schlief. Kannst du dir das vorstellen?!"

Ich frage mich, was man einem, der nichts hat, wohl stehlen kann.

Mama berichtet: „Ich war auf dem U-Bahnhof und hab einer Obdachlosen, die da immer sitzt, meinen alten Schlafsack vorbeigebracht. Den brauche ich ja sowieso nicht mehr. Hab mich mit ihr unterhalten, als da so ein paar Jugendliche mit 'nem Gitarrenkoffer johlend den Bahnsteig langrannten. Rokko rannte ihnen nach und brüllte die ganze Zeit hinter ihnen her. Einer von ihnen rannte mit der Gitarre die Treppe hoch, während drei von ihnen zurückblieben und Rokko aufhielten, nach ihm traten, ihn schlugen und schubsten, beschimpften, bespuckten und verspotteten. Irgendwann ließen sie von ihm ab. Mir schlug das Herz bis zum Hals. Erst war ich wie erstarrt, doch dann bin ich zu ihm, obwohl ich Angst hatte, aber niemand anders machte etwas. Die standen alle nur und glotzten oder guckten weg."

Mama hat sich total in Rage geredet und rote Flecken im Gesicht.

Langsam beruhigt sie sich und erzählt weiter: „Zum Glück war er nicht ernsthaft verletzt, aber er war so aufgelöst und verzweifelt. Erst wollte er gar nicht mit mir reden, wies mich ab, ich solle ihn in Ruhe lassen. Dann kamen Fahrkartenkontrolleure und wollten ihn vom Bahnhof scheuchen, weil er keinen Fahrschein hatte. Ich behauptete einfach, er gehört zu mir und fährt auf meiner Monatskarte mit. Als die verschwunden waren, haben wir uns unterhalten. Er erzählte, dass seine Gitarre das einzige war, womit er etwas Geld verdienen konnte. Hält nichts vom Betteln. Hatte das kaputte Ding irgendwo auf dem Müll gefunden und repariert. Was die Leute ihm für sein Spielen gaben, reichte gerade so, um über jeden Tag zu kommen. Aber jetzt hat er gar nichts mehr. Zurück nach Hause will er nicht, was ich verstehe, nach dem, was er angedeutet hat. Er weiß nicht, wo er sonst unterkommen kann, also bot ich ihm an, eine Weile bei uns zu wohnen."

Ich kann mir nicht verkneifen, Mama einen mitleidigen Blick zuzuwerfen. „Aber du weißt doch gar nichts von ihm. Heißt er wirklich Rokko? Ist doch kein Name! Was, wenn er ein Krimineller ist? Raubt uns aus und verschwindet."

Wieder lächelt sie. „Mein liebes Kind, ein bisschen Menschenkenntnis kannst du mir schon zutrauen. Und sein Name ist mir egal. Außerdem: Was gibt es bei uns schon zu rauben?"

„Was sagt Papa eigentlich dazu?", frage ich schnell.

„Dein Vater befürwortet das. Rokko ist ja nicht unser erster Gast von der Straße. Bislang hat uns noch niemand enttäuscht."

Ich kann meine Verblüffung nur schwer verbergen: „Wie jetzt? Lasst ihr dauernd fremde Leute in meinem Bett schlafen?!"

Sie nimmt mich bei den Schultern. „Beruhige dich. Es ist alles an seinem Platz und die Bettwäsche frisch gewaschen."

Damit lässt sie mich sprachlos stehen und verschwindet in die Küche.

„Hey, wer bist du denn?", lache ich, als ein frisch geduschtes glattrasiertes Kerlchen in einem alten Jogginganzug meines Papas aus unserem Bad kommt. Nicht wiederzuerkennen! Steht ihm gut.

Rokko grinst: „Schon viel besser, oder?"

Ein paar Tage später. Mama hat organisiert, dass wir Heiligabend nachmittags bei Frau Nettelbeck gegenüber verbringen und erst abends gemeinsam zu Oma und Opa und dem Rest von Papas Familie fahren. Papa hat sich sogar freigenommen. Das hat er noch nie getan. Bisher hat er am 24. immer gearbeitet und stieß dann erst nach seinem Feierabend zur Familienfeier dazu.

Es werden noch andere Leute bei der Nettelbeck sein, hat Mama angekündigt. Wie letztes Jahr. Wie gesagt, da war ich nicht dabei und kann es mir nicht so richtig vorstellen. Eine richtige kleine Weihnachts-Party werde das werden, ohne Geschenkeschlacht und Tamtam, ohne dröge Weihnachtsmusik, ohne verkleidetem Weihnachtsmann, der gekünstelt die Kleinen beschert, ohne die ewig selben langweiligen Unterhaltungen und dem obligatorischen heuchlerischen Kirchgang. Dafür mit viel Spaß und mit lauter interessanten Leuten, die sonst den Abend allein verbringen müssten, so wie Rokko wahrscheinlich auch.

Bevor wir, meine Eltern voran, mit allerlei Leckereien bewaffnet rübergehen, halte ich Rokko auf und überreiche ihm eine Kleinigkeit in Geschenkpapier verpackt.

„Was ist das? Ich dachte, ihr schenkt euch nichts. Ich hab auch gar nichts für dich."

„Mach schon auf! Es ist kein Geschenk", erkläre ich. „Es ist mehr so etwas wie ein Auftrag."

Behutsam entfernt er vor meinen gespannten Augen skeptisch das Papier und legt ein Plastik-Couvert frei.

„Gitarrensaiten?"

„Ich dachte, du könntest vielleicht neue Saiten auf meine alte Gitarre aufziehen", erkläre ich.

Er zuckt mit den Schultern. „Ja, klar kann ich das."

„Und mir dann meine frisch aufgezogene Gitarre nach Göttingen bringen?", füge ich hinzu.

Er erscheint ratlos. „Wie soll ich die nach Göttingen bringen?"

„Naja, ich hätte da noch 'n Platz in meinem Auto. Und ich dachte, naja … Weil, wir haben da so eine Studenten-Band. Die sind richtig gut und treten fast jedes Wochenende auf und verdienen richtig Kohle damit, sind so etwas wie die Göttinger Stars und mega angesagt. Sie suchen gerade händeringend einen neuen Gitarristen. Vielleicht …, ich dachte …"

Rokko fragt: „Du willst da einsteigen? Wieso soll ich mit?"

Die Frage lässt mich ungewollt Kichern. „Nee, ich kann gar nicht spielen. Ich dachte mehr an dich. Du kannst es dir doch mal angucken. Ansonsten gibt es da eine sehr schöne Fußgängerpassage mit ganz grottig schlechten Straßenmusikern. Da würdest du richtig herausstechen."

Er schüttelt den Kopf. „Du willst mich also mitnehmen? Du kennst mich doch gar nicht. Vielleicht bin ich ein Krimineller und raube dich unterwegs aus."

Peinlich berührt erinnere ich mich an meine Worte vor ein paar Tagen und habe ein schlechtes Gewissen, dass er es an dem Tag mitbekommen hat.

„Ich glaube, du unterschätzt die Menschenkenntnis meiner Mutter", gebe ich zurück und bringe ihn zum Grinsen.

Dann nickt er: „Klingt cool. Muss ich mal drüber nachdenken."

Ich bin erleichtert und hoffe, er entscheidet sich für Göttingen. Es würde mir gefallen, ihn hin und wieder zu treffen.

„Gehen wir jetzt rüber und feiern mit den anderen Weihnachten?", fragt er und deutet mit dem Kinn zum Hausflur, aus dem man meine Eltern die Nachbarin fröhlich begrüßen hört.

Jetzt strahle ich ihn an. „Ja. Und ich weiß jetzt schon: Das wird das schönste Weihnachten, das ich je hatte. Genaugenommen, glaube ich, wird es das erste **richtige** Weihnachten, das ich feiern werde."

Man trifft sich immer zweimal im Leben

„Guck mal, Helmut: Billy Stillwater, die Blues-Sänge-rin! Die habe ich letztes Jahr mit unserer Nachbarin Susanne im Jazz-Club bei uns auftreten gesehen. Die ist toll! Da müssen wir unbedingt hin, Hase! Ist gleich hier um die Ecke!", versucht meine Frau Martina mich mit Hinweis auf ein kleines Werbeplakat an einer bröckeli-gen Hauswand zu überreden, am Abend vor der großen Silvesterparty auch noch spontan ein Konzert besuchen zu müssen.

Eigentlich ist mir der ganze Ausflug eh schon zu viel, aber ich hatte ihr diesen Herzenswunsch immer erfüllen wollen und versprochen: Irgendwann einmal feiern wir gemeinsam Silvester in Berlin!

Nach sechsstündiger Autofahrt inklusive Stau und groß-städtischem Verkehrschaos haben wir gerade eben un-ser Hotel im Herzen der Hauptstadt erreicht und sind zu Fuß auf dem Weg ins nächste Restaurant. Ich sehne mich nach einer warmen Mahlzeit und anschließendem Füße hochlegen im Hotelzimmer.

Müde lächelnd lasse ich mich erweichen, kann ich Mar-tina doch nie einen Wunsch ausschlagen. Also machen wir uns nach dem Essen etwas frisch und brechen noch einmal auf.

Neben einem alten Kino geht es eine Treppe abwärts, auf der die Raucher Spalier stehen. Wir betreten eine düstere völlig überfüllte Keller-Bar mit niedriger De-cke, an deren Ende eine kleine Bühne aufgebaut ist. Es ist stickig, eng und laut, und es gibt fast nur Stehplätze.

Der Laden muss aus den Sechzigern stammen, man hätte seinerzeit wahrscheinlich ‚Beatschuppen' dazu gesagt, und die heute nach draußen verbannten Raucher haben früher hier drinnen sicher alles zugequalmt.

Wir bestellen Getränke, die Musik aus dem Off verstummt, das schummerige Licht wird gedimmt, und ein Scheinwerfer bestrahlt auf der Bühne einen Gitarristen mittleren Alters, der an das Mikrophon herantritt und ankündigt: „Ladies and gentlemen, nach einem ganzen Jahr auf Deutschland-Tour zu ihrem Abschlusskonzert endlich wieder zu Hause: Give her a warm hand, welcome home, Billy Stillwater!"

Begleitet von weiteren Musikern, mit frenetischem Applaus begrüßt, betritt eine Frau Mitte, Ende Vierzig mit langem ungebändigtem Haar in Folklore-Rock und Cowboy-Stiefeln selbstbewusst die Bühne und beginnt, mit samtener Stimme melancholischen Blues zum Besten zu geben.

Martina neben mir gerät in verzückte Ekstase und gibt immer wieder kurze Jubelrufe und spitze Schreie von sich, wie auch die Umstehenden, die zudem aufmunternde, zustimmende ‚Yeah's auf die Bühne rufen und im Takt klatschen.

Die Dame am Mikrophon kommt mir bekannt vor, aber ich bin sicher, sie noch nie gehört zu haben. Sie ist kein Weltstar, hat keinen berühmten Namen oder Radio-Hits.

Das Konzert gefällt mir wider Erwarten, und wir bleiben bis zum Schluss. Ich bin schon am Aufbrechen, doch meine Frau will unbedingt noch ein Autogramm ergattern, also warte ich. Und während die Musikerin ihrem Wunsch lächelnd nachkommt, fragt Martina sie neugierig: „Habe ich den Text richtig verstanden: Ging es in Ihrem letzten Song ‚Your Daddy's Gone' um ein Kind, dessen Vater sich aus dem Staub gemacht hat? Wie gefühlvoll Sie das gesungen haben! Ich habe jetzt noch Gänsehaut! Verzeihen Sie, dass ich frage, aber ist das autobiographisch?"

Ihre Distanzlosigkeit, ja geradezu Sensationslust, ist mir ein bisschen peinlich, aber die Künstlerin scheint es nicht zu stören, setzt sich, bietet Martina und mir Plätze an und bestätigt: „Ja, das ist richtig. Der Song ist tatsächlich über meinen Sohn, den ich alleine großgezogen habe. War meine eigene Entscheidung, und ich habe es nie bereut."

Und sie flüstert Martina etwas zu, das ich nicht hören kann.

Martina schenkt mir ein Grinsen. Sie weiß, dass ich die Worte von den Lippen der Sängerin ablesen kann: „Es war ein One-Night-Stand."

„Ach, Sekunde", sagt Billy laut, „hier ist das Prachtexemplar ja! Wie gerufen!"

Sie packt einen jungen Mann am Ellbogen und fordert ihn auf: „Silvio, warte mal kurz! Setz dich doch einen Moment zu uns!"

„Mom! Ich wollte eigentlich …", mault er und ist mit seinem Handy beschäftigt.

„Nur kurz!", unterbricht sie ihn, zieht ihn auf den freien Platz neben sich und sagt stolz: „Darf ich vorstellen: mein Sohn Silvio."

Er begrüßt uns artig: „Hallo. Hoffe, das Konzert meiner Mom hat Ihnen gefallen?"

Martina äußert sich begeistert voll des Lobes und kommt ins Erzählen, muss unbedingt erwähnen, dass sie zum ersten Mal in Berlin ist.

„Mein Mann war ja schon einmal in Berlin, auch zu einer Silvesterparty, aber das ist lange her, damals, als die Mauer gerade gefallen war. Nicht wahr, Helmut?"

Ich nicke lächelnd. Und während sie weitererzählt, wie aufregend das alles für sie ist und wie glücklich sie sei, auch noch kurzentschlossen dieses Konzert besucht zu haben, nachdem sie Billy ja schon bei uns im Ort hatte erleben können, und dass sie da nur durch Zufall hingegangen wäre, weil in unserer Gegend an dem Wochenende nichts anderes los war und so weiter, schweifen meine Gedanken ab:

Silvester 1989.

Ich war gerade fünfundzwanzig geworden, und unser Kleinstadt-Krüppel-Verein, wie wir ihn nannten, hatte zu Silvester eine Scheunen-Party organisiert, ganz weit draußen auf dem platten Land. Die braven Kleinbürger sollten von unserem Lärm nicht belästigt werden.

Das versprach, genauso ein ‚riesen Spaß' wie im Vorjahr zu werden: Bei Apfelschorle und Salzstangen drehten sie die Bässe einmal im Jahr so laut auf, dass wir es unter den Fußsohlen und im Magen spüren konnten, was uns zum Tanzen und ausgelassener Heiterkeit animieren sollte. Uns, die wir doch vom Schicksal, ach, so gebeutelt waren. Sie wollten uns einen Abend spendieren, an dem wir uns in ihrer Gehörlosen-Disco wie ‚Normale' fühlen sollten, nicht ‚behindert', nicht ‚gehandicapt'.

Damals gab es noch keine Hör-Implantate, wie ich heute eins habe. Ich war komplett taub, wusste nicht, welche Geräusche Auto-Motoren machen, dass Wolken lautlos vorbeiziehen oder wie sich das Klack-Klack der Schritte von Frauen in hochhackigen Schuhen anhört, geschweige denn Musik oder Stimmen, schon gar nicht meine eigene.

Natürlich ist es jetzt eine ganz andere Lebensqualität, hören zu können, aber ‚behindert', nein, ‚behindert' habe ich mich auch damals nie gefühlt!

Mein bester Kumpel Manfred und ich waren uns einig: Lieber den ganzen Abend vor dem Fernseher versacken, als diese armselige Veranstaltung noch einmal mitzumachen!

„Was hältst du von Silvester in Berlin?", fragten mich Manfreds Hände und Augen plötzlich am Abend vorher. „Du hast doch ein Auto. Lass uns einfach losfahren, Mann!"

Seine spinnerten Ideen hatten mich schon immer irritiert und ich warf ihm einen skeptischen Blick zu.

Berlin! Stundenlange Autofahrt, die ich allein zu bewältigen hatte, weil mein bequemer Freund nicht fahren konnte. Und es war abzusehen, dass es keine Übernachtungsmöglichkeiten geben würde. Die Zeitungen waren voll von Berichten, dass Berlin zu seinem ersten Jahreswechsel nach dem Mauerfall hoffnungslos *ausgebucht war. Aber das hielt uns letztendlich in keinster Weise davon ab, uns spontan auf den Weg zu machen. Wir konnten ja im Wagen pennen. Auch wenn das bei Minusgraden keine verlockende Aussicht war.*

Wir wollten Abenteuer und Freiheit! So, wie es die Zigaretten-Werbung versprach. Und wenn wir es schon nicht bis ins Marlboro-Land schafften, dann wenigstens nach Berlin.

Klar standen wir im Stau, als wir uns nach einer durchfahrenen Nacht der ehemaligen und zukünftigen Hauptstadt näherten. Geduldig stellten wir uns an einem der Grenzübergänge an. So ein Stempel im Pass würde sich gut machen, sagten wir uns erwartungsvoll, aber wir wurden stempellos durchgewinkt. Die Grenzer hatten angesichts der Menschenmassen längst aufgegeben.

Ich fuhr einfach den anderen hinterher. Die wollten doch bestimmt auch alle zur Jahrhundertparty! Irgendwo ging es nicht mehr weiter, ich parkte meinen Kadett und stellte den Sitz in Liegeposition, um noch eine Tüte Schlaf zu bekommen, bevor es losging.

Später am Nachmittag suchten wir uns zu Fuß ein Lokal, in dem wir uns aufwärmen und günstig essen konnten und begaben uns dann mit den vielen anderen Menschen Richtung Brandenburger Tor.

Wir verweilten ein bisschen vor einer überdimensionalen Videoleinwand, an der wir gegen 23 Uhr vorbeikamen. Später konnte man in der Zeitung lesen, dass die Wand nach Mitternacht eingestürzt war und dutzende von Besuchern unter sich begraben hatte. Ein Mensch kam bei dem tragischen Unfall sogar ums Leben, während wir auf ungeahnt glückliche Weise ganz woanders am Feiern waren.

Das kam so: Als wir feststellten, dass wir es nie bis nach vorn schaffen würden, kämpften wir uns nach hinten durch, wo es nicht so überfüllt war.

Zwei kichernde Mädchen ein paar Schritte von uns entfernt fielen mir auf. Sie guckten in unsere Richtung und tuschelten.

Ich war schon immer gut darin, vom Mundbild abzulesen. Bei der einen meinte ich verstanden zu haben, wie sie, während sie zu mir hinüberlächelte zu der anderen sagte: „Nimmst du den Pummeligen? Dann nehme ich den anderen."

Wenn das keine Einladung war! Die andere schien einverstanden zu sein und zwinkerte Manfred zu.

Überraschend schnell fanden wir zueinander, eine Whiskeyflasche machte die Runde, und die jungen Frauen schienen kein Problem damit zu haben, nonverbal mit uns kommunizieren zu müssen. Wo wir an unsere Grenzen stießen, machten wir mit Stift und Notizblock weiter. Sibylle hieß sie, hatte langes ungebändigtes Haar, und sie und ihre Freundin waren aus Berlin. West-Berlin, wie sie betonten. Das schien immens wichtig zu sein.

Wir vier schlenderten ein bisschen rüber in den Ostteil der Stadt, weg von den vielen Leuten und ungefähr in die Richtung meines Parkplatzes.

Nur ein paar hunderte Meter weiter fanden wir ruhige Querstraßen, die teilweise fast menschenleer waren und gespenstisch wirkten. Es gab kaum Straßenlaternen und wenn, dann warfen sie nur ein gelblich-diffuses Licht auf das Kopfsteinpflaster. Hier und da drangen Scheinwerferspots von der Party hinüber und zauberten schemenhafte Schatten auf verwitterte Fassaden. Ich erinnere mich, wie mir die Gegensätzlichkeit zum Westen der Stadt erdrückend vorkam.

Weil wir unsere Wanderung immer wieder mit Knutschereien unterbrachen, dauerte es ewig, bis wir irgendwann mein Auto erreichten.

Meine alte Karre zierte sich ein bisschen mit dem Anspringen, und ich dachte schon: ‚Na toll, das war es jetzt!‘ Aber nach ein paar weiteren Versuchen konnten wir starten. Sibylle lotste mich Richtung Kurfürstendamm.

Um Mitternacht stoppten wir wie viele andere mitten auf der Straße, sprangen aus dem Wagen, umarmten und küssten uns und bestaunten das Feuerwerk. Dann stiegen wir wieder ein, und ich folgte weiter Sibylles Richtungsanweisungen, während Manfred auf der Rückbank verliebt mit ‚seinem‘ Mädchen kuschelte.

Die ganze Zeit hatte ich nur den einen Gedanken: ‚Bitte lass sie eine Wohnung haben, in der wir bei der Arschkälte unterkommen können!‘

Aber es kam viel besser: Sie dirigierte mich in einen Randbezirk der Stadt, und bald hielten wir vor einer Villa. Ich erinnere mich, wie ich Sibylle ungläubig ansah und sie mir zu verstehen gab, es sei das Haus ihrer Eltern. Beim Hineingehen las ich auf dem Klingelschild ‚Professor Doktor Irgendwas‘, und mir war klar, dass wir das große Los gezogen hatten, sofern der Herr

65

Professor Doktor nicht einer von der üblen Sorte war. Aber wir begegneten niemandem. Drinnen war alles dunkel. Entweder schlief man schon oder war noch ausgeflogen.

Sibylle richtete für Manfred und ihre Freundin flink und forsch das Gästezimmer her, schob die beiden hinein und zog mich in ihr eigenes Zimmer, wo wir es uns gemütlich machten und endlich ein paar innige Momente genießen konnten. Ich weiß nicht, warum wir so gedankenlos und leichtsinnig, schlichtweg dumm, die damals aktuellen und fast schon nervigen Warnungen vor AIDS in den Wind schlugen. Vielleicht lag es am Alkohol. Wahrscheinlich.

Eine Weile lagen wir dann noch wach und tauschten schriftlich telegrammartig ein paar Belanglosigkeiten aus, bevor wir engumschlungen in Tiefschlaf fielen.

Als ich am nächsten Vormittag aus dem Bad kam, machte ich Bekanntschaft mit Herrn Professor Doktor. Da stand Sibylles Vater mit zerzaustem Haar im Schlafanzug vor mir und redete auf mich ein. Sein buschiger Vollbart hinderte mich daran, von seinen Lippen zu lesen, jedenfalls wirkte er zutiefst überrascht und verwirrt wegen meines unerwarteten Auftritts in seinem Haus. Ich hatte keine Chance, an ihm vorbeizukommen und befürchtete schon, er würde auf mich losgehen, als Sibylle zum Glück auftauchte. Ich sah ihren Mund sagen: „Er kann dich nicht hören, Papa. Er ist taub." Damit lächelte sie mir zu.

Nicht sicher, ob wir ihn veralberten, zögerte er begriffsstutzig, und ich nutzte den Augenblick, um an ihm *vorbei zurück ins Zimmer zu huschen, während sie ihn besänftigte.*

Wie auch immer, schlussendlich war ich froh, für Manfred und mich in dieser Silvesternacht eine warme Bleibe gefunden zu haben, noch dazu in angenehmer Gesellschaft, und dass wir morgens duschen konnten und von der gastfreundlichen Mutter sogar ein Frühstück serviert bekamen, bevor wir uns auf unsere Rückreise machten.

Wir tauschten keine Adressen aus, ich habe mir weder die Straße noch den Professor-Doktor-Namen vom Klingelschild gemerkt. Wir haben nie wieder voneinander gehört.

„Hase, ich muss mal kurz", reißt mich Martinas Stimme aus meinen Gedanken. „Danach können wir auch gehen, wenn du möchtest."

Als sie zur Toilette verschwindet, frage ich Billy geradeheraus: „Sind wir uns schon einmal begegnet?"

„Keine Ahnung. Schon möglich", schmunzelt sie.
„Trifft man sich nicht immer zweimal im Leben?"

Ihr Blick streift kurz das kleine Muttermal auf meiner Wange und den Bügel meines Hörgeräts.

„Du bist ja so still, Hase. Bist müde, nicht wahr?", fragt mich Martina, als wir Arm in Arm die Straße entlang zurück zu unserem Hotel schlendern. Ich nicke, doch es ist nicht meine Müdigkeit, die mich verstummen lässt, während sie vor sich hinplappert, ohne dass ich richtig zuhöre. Innerlich bin ich aufgewühlt, und es tost in meinem Kopf.

Kann das sein, was ich denke?!

Martina wird nicht müde, pausenlos von Billy zu schwärmen, und wie natürlich und bodenständig sie sei: „Stell dir mal vor, wir hätten nach dem tollen Bob-Dylan-Konzert noch mit ihm in einer Kneipe gesessen und uns über seine Familie unterhalten. Unvorstellbar, oder? Und dass sie uns sogar ihren Sohn vorgestellt hat!"

Ich ziehe sie an mich und drücke ihr einen Kuss auf die Schläfe.

„Weißt du, was ich besonders witzig und sympathisch finde?", fragt sie mich. „Er hat auch so ein niedliches Muttermal im Gesicht wie du. Ist dir das aufgefallen?"

Vier Billionen zu Eins

Die U-Bahn ist voll, keine Sitzplätze mehr. Doch, da hinten kann ich noch einen freien Platz ausmachen. Aber schnell wird mir klar, warum dort niemand sitzt: Neben einem versifften, abgeranzten Penner möchte keiner sitzen. Wahrscheinlich stinkt er.

Aus dem Lautsprecher poltert es über den Bahnhof: „Mann! Wenn de Tür'n schließ'n, musste ooch nich mehr vasuchen, rinzukomm'n! Tschüssikofski!"

Berliner Charme.

Der Obdachlose neben dem einzigen freien Platz dämmert mit einer Bierflasche in der Hand vor sich hin. Verfilzte Haare hängen ihm ins Gesicht und sein ungepflegter Bart wuchert fast zusehends. Die löchrige Steppjacke, die er über einem schmuddeligen T-Shirt anhat, ist viel zu dünn für diese Jahreszeit. Dazu trägt er Sandalen an staubigen, sonnengegerbten Füßen und eine alte Stoffhose, die gewiss schon bessere Tage gesehen hat.

Mein Rücken tut weh und ich habe noch einige Stationen weit zu fahren, etwa eine viertel Stunde lang, also setze ich mich mit größtmöglichem Abstand neben den Mann, dessen Alter schwer zu schätzen ist. Irgendetwas zwischen dreißig und sechzig.

Vorsichtig schnüffle ich. Wider Erwarten rieche ich nichts Unangenehmes.

Allmählich entspanne ich. Endlich sitzen! War das ein anstrengender Tag. Will nur noch nach Hause und die

Tür hinter mir zu machen, auch wenn ich weiß, dass mich dort das Gezeter von zwei pubertierenden Teenagern erwarten wird und ein vor seiner Spielekonsole hockender, halbverhungerter Ehemann. Es wird wohl wieder niemand auf die Idee gekommen sein, Abendbrot zuzubereiten.

Die monotonen Geräusche der Bahn und die stickige Wärme lassen mich schläfrig werden. Ein Bahnhof nach dem anderen zieht vor dem Fenster vorbei. Leute steigen aus, Leute steigen ein.

„Nächster Halt: Mierendorffplatz", tönt es gefällig aus dem Lautsprecher. Bin bald zu Hause.

Neben mir fängt es mit einem Mal an, zu murmeln: „Vier Billionen. Viertausend Milliarden."

Innerlich sage ich zu ihm: ‚Ja, ja, sei schon leise!', aber ich schweige.

Aus dem Augenwinkel bemerke ich, dass er mich ansieht.

‚Nee, komm, lass mich in Ruhe', denke ich gerade, doch schon fängt er an, mich vollzulabern: „Weißt du eigentlich, was für ein Glück wir haben, hier sein zu dürfen?", fragt er mich, und ich drehe kurz unwillig meinen Kopf in seine Richtung. Sein verschmitztes Lächeln legt eine Zahnlücke frei. Ein Eckzahn fehlt.

Ich verstehe nicht, was er da für wirres Zeug faselt und versuche aus lauter Höflichkeit meiner Genervtheit nicht allzu viel Ausdruck zu verleihen. Vielleicht hilft es, ihn zu ignorieren. Zum Glück muss ich sowieso bald aussteigen.

„Aus rein biologischer und mathematischer Sicht", fährt er geradezu intellektuell fort, „war die Chance, geboren zu werden, um ein Vielfaches geringer, als einen Lotto-Jackpot zu knacken. Ein Vielfaches: Vierhundert Billionen zu Eins. Vier! Hundert! Billionen! Das sind viertausend Milliarden! Oder eine Vier mit zwölf Nullen."

Ich komme mir vor, wie in einer unfreiwilligen Uni-Vorlesung.

Jetzt legt er noch einen drauf und jongliert weiter mit Zahlen: „Überleg mal, wie viele Samenzellen damals darum gekämpft haben, dass ausgerechnet **du** dabei herausgekommen bist. Hätte es eine andere von den Abermillionen Spermien geschafft, wärst du nicht. Wäre jemand anderes."

Er nippt an seinem Bier.

„Hab Mathematik studiert, weißt du", erklärt er zu meiner Überraschung. „Wahrscheinlichkeitsrechnung war mein Spezialgebiet."

‚Das habe ich schon bemerkt', denke ich und schenke ihm unwillkürlich einen weiteren Blick.

„Glaubste nicht, oder?", schmunzelt er.

Ich bin mir nicht sicher.

„Ist auch egal", sagt er vor sich hin und hat mein Interesse geweckt, also lausche ich, was er gedankenverloren vor sich ins Leere erzählt: „Hatte meine eigene Firma. Lief gut. Dann kam der Stress, der Druck, der Konkurrenzkampf, die Verantwortung für dreißig Mitarbeiter. Dann kamen die Tabletten und der Alkohol. Dann der Stress mit meiner Frau. Dann habe ich die Firma in den Sand gesetzt und meine Frau mich vor die Tür."

Bitter lacht er verhalten und sieht mich wieder an: „Mit Wahrscheinlichkeitsrechnung kann man wohl kein Unternehmen führen."

Allmählich entwickle ich Mitgefühl für sein Schicksal.

Er fingert ein weißes Kärtchen aus der Jackentasche, wirft einen kurzen Blick darauf und reicht es mir. Ist das jetzt seine Visitenkarte? Nee, oder? Ich lese, was in schöner, klarer Handschrift darauf steht:

‚Reich ist man nicht durch das, was man besitzt, sondern mehr noch durch das, was man mit Würde zu entbehren weiß. Epikur 341 - 270 v.Chr.'

„Ist das Ihr Ernst?", frage ich betroffen und verwirrt.

Er lächelt. Ich finde, sein Lächeln erscheint ein wenig spöttisch, etwas triumphierend, auch ein bisschen weise irgendwie. Ich kann es nicht einordnen.

„Das ist meine Leidenschaft", entgegnet er. „Ich sammle Lebensweisheiten von großen Denkern."

Wieder schlüpft seine Hand in die Tasche und befördert einen ganzen Stapel kleiner weißer Kärtchen zutage. „Darf ich dir noch eine schenken? Zieh einfach eine raus."

Ich zögere. Wer weiß, was mich in seinem Sammelsurium erwartet. Und wieso schenken? Will er denn kein Geld von mir? Was tue ich hier eigentlich? Warum lasse ich mich auf diesen merkwürdigen Typ ein?

Ein junger Mann kommt mit einer Obdachlosen-Zeitung herum. Wider Erwarten verkündet er nicht lautstark seine ganze Leidensgeschichte, wie seine aufdringlichen Kollegen so oft. Seine Zurückhaltung scheint sich auszuzahlen, denn er wird sogar einige los.

Als er neben meiner Bank hält, krame ich die Zeitung, die ich heute früh erworben habe, aus der Tasche und zeige sie ihm wie zur Entschuldigung. Er nimmt aber keine Notiz von mir, sondern grinst meinen Sitznachbarn an: „Ach, nee, der Herr Sokrates is ooch wieda untawegs. Tach, Matze, haste ma wieder 'n Spruch für mich?"

„Aber sicher," grüßt dieser freundlich zurück und streckt ihm ein Kärtchen entgegen.

„Cool, danke. Man sieht sich, wa?", sagt er im Gehen, während ein weiteres Spruch-Kärtchen in meiner Hand landet.

Wie durch einen Nebelschleier nehme ich die Durchsage wahr: „Nächster Halt: Altstadt Spandau."

„Ach du Scheiße!", fluche ich und springe auf. „Ich bin zu weit gefahren! Ich muss raus!"

Während meines hektischen Spurts zur Tür halte ich kurz inne und wende mich dem Sokrates-Matze noch einmal zu: „Äh, danke. Alles Gute."

„Ich danke dir auch", lächelt er sein weises Lächeln. „Einen schönen Abend noch."

„Ihnen, äh, dir auch", kommt es heiser aus meiner Kehle. In letzter Sekunde springe ich aus dem Wagen auf den Bahnsteig, bevor sich die Tür automatisch hinter mir schließt. Die U-Bahn setzt sich in Bewegung, und ich sehe Matze hinterher. Er sitzt genauso versunken da, wie bei meinem Einsteigen. Nur, dass er jetzt vor sich hinlächelt.

Ich wechsle die Bahnsteigseite, denn ich muss zwei Stationen zurückfahren. Hoffentlich kommt die Bahn gleich. Noch immer halte ich die beiden Kärtchen in der Hand. Den Text des einen kenne ich bereits. Auf dem zweiten lese ich: ‚Man sieht nur mit dem Herzen gut. Das Wesentliche ist für die Augen unsichtbar. Antoine de Saint-Exupéry‘